BOUTADE.

BOUTADE

A PROPOS

DU PROGRÈS,

PAR A. AVENEL.

ROUEN,

IMPRIMERIE DE A. PÉRON,

Rue de la Vicomté, 55.

1854.

BOUTADE

A PROPOS DU PROGRÈS.

PREMIÈRE PARTIE.

Depuis trente ans, retiré sous ma tente,
Comme, autrefois, un illustre guerrier,
J'avais laissé Pégase au ratelier.
Triste Pégase, à l'allure innocente,
Dans tes beaux jours, ô bien doux souvenir !
Nul, de tes coups, n'eut jamais à souffrir ;
Et si, parfois, une simple ruade
De ta gaîté vint témoigner l'ardeur,
Pauvre vieillard ! redis avec candeur
N'avoir rendu personne bien malade !
Un tel aveu vaut un *Confiteor* ;
Mais la franchise est mon premier essor.

De cette humeur débonnaire et vivace
Donne une preuve en ce jour solennel,
Et souviens-toi que, pour un *immortel*,
La chute est rude à qui grimpe au Parnasse !

Pour expliquer ce besoin de rimer
Qui, tout d'un coup, vient transformer ma vie,
Pour affaiblir cette audace inouïe
De prendre champ sur un sol étranger,
Il me faudrait une longue préface,
OEuvre stérile et trop souvent de glace;
Un mot suffit : — Naguère un mien parent,
Pécheur honteux qui voulait prendre femme,
Vint réclamer de moi l'épithalame,
Et du succès se fit *fort* et *garant*.
C'est lui qui parle, excusez l'imprudence
Dont je subis la rude pénitence ;
Pouvait-il croire à mon indignité,
Moi qui fais nombre en notre Académie !
Touchante erreur, que, dans sa bonhomie,
Garde le monde au parvis arrêté !

Bref, en faveur d'un placet qui m'honore,
Et chatouillé par le noble désir
De guerroyer, sinon de soutenir
L'honneur acquis que ce titre décore,
Je me soumets. — Vous dire tout l'effort,
L'énorme ennui, le travail, la torture,
Le casse-tête, en un mot, la *fourbure,*
Par moi subis pour arriver au port ! !
C'était déjà mériter l'indulgence
Que, de nouveau, je viens solliciter.

Il s'est produit, en cette circonstance,
Un fait étrange, et vous l'allez juger :

Depuis ce temps, comme un torrent rapide
Dont l'ouragan balaye le niveau,
Je sens l'éclair de l'élément lucide
Vers tous ses points inonder mon cerveau.
Il semble que le logis de la rime
— En admettant le système de Gall —
Désobstrué par cet effort intime,
Ait, tout-à-coup, ouvert son arsenal !

Ah ! plaignez-moi ! d'un grand art bien modeste
Je m'étais fait l'adorateur fervent,
Vivant heureux, sans résultat funeste,
Exempt d'ennuis, de soucis, de tourment,
Et me voici, sujet orthopédique,
Du champ sacré labourant le sillon,
Bravant ainsi la vindicte publique,
Au feu brûlé, comme un sot papillon !

De mon péché vous allez prendre note,
— J'en ai plus d'un à faire pardonner ! —
    Auprès du poison l'antidote,
Votre bonté m'enhardit à parler :

Il est un mot d'origine pieuse,
Elastique palan fondé sur le succès
Dont la réalité, parfois du moins douteuse,
A reçu le nom de *Progrès*.

Enfant, je me souviens qu'aux leçons du collége,
J'allais, barbottant et crotté,
Recueillir le suc, peu goûté,
Du savoir, heureux privilége !
Forts, robustes et bien portants,
Notre santé, je vous l'assure,
A nous, pauvres étudiants,
Rendait l'art une sinécure !
Comme à présent on se plaignait
En récompense du bienfait.
L'exercice, le froid, le chaud, l'intempérie,
Devenaient pour nous des amis ;
L'hygiène du corps formait à la patrie
Des défenseurs bien endurcis.

Le *Progrès* conduit en voiture
Ces *mousselines* de quinze ans,
Qui, pour éviter l'engelure,
N'abandonnent jamais leurs gants ;
Princes au petit pied, dont l'élégante mise
Ferait honte à leurs devanciers,
Mais qui, pour le travail, vont mouillant leur chemise....
A peu près comme leurs souliers ;

Mise en pratique sanitaire
De certain dogme humanitaire !
Voyez-les aux jours du congé,
— Si peu que la mode vous touche —
Traînant, un cigare à la bouche,
Leur grâce et leur air dégagé !

Nos soins exagérés sont plus qu'une folie,
 Gardez-en bien le souvenir,
Et de l'homme, aujourd'hui, la race abâtardie,
 Peut compromettre l'avenir.
Sans frein et sans raison, vous avancez le terme
 Des vices et des passions,
La mollesse au front d'or étouffa, dans son germe,
 La première des nations !

Pour ceux qui du travail ont conquis l'habitude,
 — Et le nombre en est grand — j'ai bien souvent gémi,
En voyant l'horizon du nouveau plan d'étude
 Démesurément agrandi.
A-t-on beaucoup gagné?... C'est être bien frondeur,
 Bien tourmenté par un excès d'audace !
 Je crains toujours que l'on gagne en surface
 Aux dépens de la profondeur.

Je respecte le vieil adage,
Qui trop embrasse mal étreint ;
Tout ce qui fatigue et contraint
Est pour l'avenir un dommage.

Le temps est limité, les jours ont la durée
De ces jours fortunés si chers à nos regrets,
Mais... les arts d'agrément ont aussi leur entrée ;
Erreur ! *mieux et plus vite* est le mot du *Progrès.*

Je le veux bien. — Mon rôle d'Aristarque
Est loin, trop loin d'arriver à son but. —
Je crois saisir la maligne remarque,
Que de ma muse est bien long le tribut !...
Pardonnez-moi, prêcher n'est pas coutume,
Les grands enfants sont communs, savez-vous?
Interrogeons l'homme sans amertume,
Et de certains *progrès* éloignons-nous.

Le *Progrès* qui séduit et donne des vertiges
        A tout ce peuple d'artisans,
Deviendra l'élément de fabuleux prodiges
        Dans l'intérêt de ses enfants ;
—C'est dans ce but, du moins, qu'il croit agir en père ;
        Suivons-le ; pour y parvenir
Rien ne l'arrête : soins, sacrifices, misère...
        Son fils dit : A moi l'avenir ! ! ...

        Par l'encombrement de la route,
Pauvre fou ! l'avenir est de mourir de faim ;
Sciences, lettres, arts, donnent aux uns du pain ;
        A la plupart la banqueroute !

Je ne m'abuse pas, la triste vérité
Choquera vos esprits par sa brutalité.

Redoutons d'exciter une ardeur mensongère
Qui porte dans ses flancs le ravage et la mort;
Pour vingt qui parviendront et renieront leur père,
Mille autres ont vécu pour déplorer leur sort.
De ces déceptions les notables abîmes
Frappent tous les regards : ces êtres incompris,
Impatients du joug, méconnus et victimes,
Sont du repos public les plus grands ennemis;
A l'émeute grondant leur bras auxiliaire
Prêtera, contre nous, l'inévitable appui,
Heureux, pour expier leur rage incendiaire,
S'ils échappent au pilori !

Encourageons plutôt la logique prudence
De l'ouvrier laborieux,
Trésor de la famille et des vertus modèle,
Recommandable artiste à la raison fidèle,
Qui transmet ses talents à ses fils glorieux,
Rompus au travail dès l'enfance !

Tel est, à mon avis, le progrès assuré
Que la raison admet en son vol mesuré.

En ce temps regretté de ma folle jeunesse,
Mirage chatoyant qu'un souvenir caresse !
Pour son instruction on savait voyager,
Lentement, il est vrai, mais, partant, sans danger ;
L'affreuse diligence, un coche ou la patache,
— Véhicules pesants dont la lenteur attache
L'esprit du voyageur qui les revoit toujours —
De Rouen à Paris conduisaient *en deux jours !*
De l'art locomoteur, certes, c'était l'enfance,
Mais souffrez qu'un instant je prenne sa défense.
Le temps (pardonnez-moi) n'est pas à dédaigner ;
Observateur exact, on a tout à gagner :
Mieux on voit les objets, mieux on les apprécie,
L'on ne s'arrête pas à la superficie.

Ramenez-moi bien vite au temps de l'alphabet.
Au risque d'encourir le fameux sobriquet
D'*éteignoir*, de *perruque* ou d'esprit rétrograde,
Je maintiens qu'autrefois, en sa course nomade,
Un *commis-voyageur*, ignorant, sans appui,
En savait beaucoup plus qu'on ne sait aujourd'hui
Sur la géographie pratique, les langages,
La terre et ses produits, les mœurs et les usages,
Qu'un touriste érudit qui s'en va, *sans broncher*,
Faisant, de son voyage, *une course au clocher.*

De son point de départ à son point d'arrivée,
Il a couru bien loin; sa raison captivée
Par la rapidité d'un transport aquilin,
A tout vu... sans rien voir, et de son cristallin
La surface, bientôt, de tant d'objets lassée,
D'un néant enchanteur vient orner sa pensée !
Voilà ce qu'on appelle aujourd'hui *voyager*,
Et que moi, malséant, je nomme voltiger.
Oui, de la nouveauté vieillesse est l'antidote,
Et dans ses souvenirs extravague et radote.

J'ai parlé du passé, voyons donc le *Progrès*
Qui ne doit plus laisser après lui de regrets :

Une ligne de fer, sous peu, d'un pôle à l'autre,
Aura *bardé* le sol sur lequel on se vautre,
On rampe — à votre gré — splendide avénement
Que le public adopte avec ravissement!
Aux obstacles vaincus que la nature oppose,
On se croirait au temps de la métamorphose;
A nos yeux étonnés, grâce au pouvoir de l'or,
Il semble qu'au théâtre on assiste au décor.

Une brutale ardeur, une âpre discipline
A comblé le vallon, nivelé la colline,
Réduit tout en plateau. — Là, sans émotion,
Vous voguez dans les airs comme un autre Alcyon;

Plus loin, ensevelis au fond d'une caverne,
Vous semblez naviguer aux confins de l'Averne,
Et dans le coffre obscur d'un large berlingot,
Vous avez pour rivaux : la taupe ou l'escargot.

De ce progrès immense écoutez les oracles,
Leur admiration se traduit en miracles :
« Voyez, plus de limite! et par l'essor humain
« Les peuples affranchis vont se donner la main! »
Sans doute pour former la grande pastourelle
Qui doit inaugurer la *paix universelle!*
Admirable, étonnant, merveilleux résultat
Où le monde conquis ne forme qu'un État!

Pour moi, bien moins épris de l'infernale gaîne
Où, dans ses tourbillons, la vapeur nous entraîne,
Je soutiens, devant tous, que le démon créa,
Pour notre châtiment, ce nouveau choléra;
Et, comme un argument doit apporter sa preuve,
A votre tribunal je viens tenter l'épreuve :
Vous connaissez sans doute un bipède grappin,
Qu'en leur style d'argot on nomme *garde-frein,*
Quatre-vingt trois ornaient, heureux, à l'origine,
Le prudent *railway* qui dessert notre ligne;
Eh bien! par les bienfaits de ce *progrès* pompeux,
Il en reste aujourd'hui.... devinez combien? *deux!!!*
— C'est de l'histoire; — mais la sanglante rosée
Prépare à nos besoins une moisson aisée!

Sur un sol tout rougi nous roulons sans frémir,
Quand, eux, pour le *Progrès*, ont appris à mourir !

Comptez, me dira-t-on, des voyageurs le nombre
Qui sillonne le *rail*, si vite et sans encombre !
Aujourd'hui l'accident est un trait fabuleux.
Allons ! de nos plaisirs soyez moins scrupuleux ;
Que m'importe, après tout, ce vol aux kilomètres,
Si je trouve des gens réduits en millimètres !
La Providence a-t-elle enfanté l'être humain
Pour le faire écraser sous un sanglant pétrin ?

Pour être moins fréquents, des malheurs transitoires
Ont donc absolument déserté vos mémoires ?
Mais si le Ciel vous fit la grâce d'oublier,
Votre optimisme heureux voudrait-il me lier ?
Versailles, je suppose, et Fampoux et Colombes
Sont là pour attester de tristes hécatombes !
Manifestez, c'est bien, votre contentement ;
Mais, avant le départ, faites un testament.
D'une force invincible, aveugle, inexorable,
Proclamer la douceur me paraît adorable !
Comme vous, je me livre, imprudent, sans adieu,
Non au *Progrès*, mais bien à la grâce de Dieu !
Revenir sain et sauf, de tout danger vierge,
Devrait à *Bonsecours* mériter un cierge !

Quelques esprits enclins à la malignité,
De persifflage amer, de peu d'aménité,

Vont m'accuser, sans doute : — Erreur ! — C'est de l'envie,
Rivalité d'état ! — Ce *progrès* de la vie
Moissonne plus que moi, je le dis sans rougeur :
Marmelade on devient quand on naît voyageur !
Défunt ou mutilé, n'est-ce pas la récolte
Contre laquelle, en vain, mon esprit se révolte ?
C'est payer chèrement l'impôt à ton profit,
Parasite fléau !..... Le médecin suffit.

Le médecin ! ce nom qui surgit sous ma plume,
A bon droit, sachez-le, doit rester sur l'enclume.
Abaisse ton orgueil, ère de Périclès !
Courbe ton front déchu, timide Averrhoès,
La science, à présent, aux colonnes d'Hercule,
Peut braver, comme un roc, sarcasme et ridicule ;
Elle a de son *Progrès* l'univers pour témoin.
— Ouvrez les yeux, mortels, vous en avez besoin. —

Jamais fut-il un temps plus fécond en merveilles ?
Laissez-m'en quelque peu caresser vos oreilles,
Et vous édifier sur *l'immense* valeur
Du progrès médical, en ces temps de splendeur.
Noms sacrés que je livre à votre sympathie :
Magnétisme animal, douce *homœopathie*,
Sur la sellette assis, tenez le premier rang.
Les débats vont s'ouvrir, amis, à votre banc !

Vertueuse candeur de *l'hydrothérapie*,
Instruments rotateurs, sources de la folie,
Soyez les bienvenus, votre succès mondain
Sous mes efforts pressants apparaîtra soudain !

Modernes *Bilboquet*, qui parcourez la vie
Sur le chemin doré de l'homœopathie,
Un mot à vous, d'abord. — A tout seigneur, honneur !
Vous, toujours à l'abri du nom d'empoisonneur ;
Vous qui, livrant combat à la santé normale,
Ne vivez que de gloire infinitésimale ;
Lévites trop heureux, qui savourez l'encens
Dont vos admirateurs asphyxient tous vos sens !
Vous qui savez loger une officine entière
En un coin reculé de votre tabatière,
Je crois à vos succès ; — qui pourrait en douter?....
Ceux qui n'ont pas guéri, rares à contenter ;
Cœurs ingrats, s'étonnant qu'en dépit des formules,
Vos secrets soient moins chers au kilo qu'en globules !
Méprisez les méchants et conservez leurs jours,
Malade ou bien portant, vous guérissez *toujours*.
Oui, votre probité, tout homœopathique,
Désireuse, avant tout, d'un accueil sympathique,
Au client-indécis, du *Progrès* ahuri,
Se traduit par : Monsieur veut-il être guéri
Par la méthode antique ou la mode nouvelle?.
Polygames docteurs, notre talent excelle.
Avouez, cher lecteur, qu'on n'est pas plus charmant,
Et que le vrai mérite est bien accommodant !

Un scrupule, pourtant, m'arrête et me tourmente :
A défaut de savoir, ma raison argumente ;
Et, comme il est aisé de soulager mon cœur,
A vos nobles clartés je soumets ma candeur :
De vos *dilutions* le nombre incalculable
En puissance révèle un effet effroyable,
Vous me l'avez appris ; — mais, ne voyez-vous pas
Le gouffre inévitable entr'ouvert sous vos pas ?
Avec le temps, chez ceux que votre *loi* captive,
La substance, à la fin, deviendra *corrosive*,
Par la *dilution* l'homme usé périra !
Oh ! ne vous laissons pas arriver jusque-là,
C'est trop de dévoûment, une épreuve nouvelle
Nous ferait soupçonner la lutte industrielle,
Et nous vous connaissons, de votre loyauté,
Personne, assurément, n'aura jamais douté.
Moins prompts à gouverner, modérez votre zèle,
Et ne méprisez pas la pauvre sentinelle.

Votre char, embourbé sur un pesant essieu,
Me paraît compromis, faites-lui votre adieu,
Et dans votre carquois retrouvant une flèche,
Vous ne tarderez pas à réparer la brèche.
Je me range à l'avis d'un docteur Marseillais,
Confrère en Apollon, qui voulait qu'au rabais,
Et pour vous témoigner ses transports légitimes,
On vous rémunérât en modestes centimes.

Tenez, décidément, le *Progrès* me va peu,
A tout considérer, cherchez un autre jeu.
La réputation, *habilement* acquise,
N'est que le pavillon couvrant la marchandise.

Du baquet de Mesmer aux prodiges nouveaux
— Saintement accueillis ! — éclos dans les cerveaux
D'Alexis, de Laurent, Prudence ou Virginie (1),
Plus d'un siècle a passé. — Voyez mon incurie !
Lorsque de tous côtés le plomb se change en or,
Je me trouve isolé, rétif, doutant encor.
J'ai beaucoup vu, touché; mais pour les somnambules,
Mes yeux sont obstinés et mes doigts incrédules.
Le magnétisme est vrai... — qui le veut le produit,
Quand une main loyale à propos le conduit.
Endormir est aisé. — Pour en donner la preuve,
Ma parole, en ces lieux, compléterait l'épreuve,
Sans *passes* ni *courants;* — de ma railleuse humeur,
Ombres de Puységur, de Frappart, sans rigueur
Acceptez les écarts ! Et vous, savant Deleuze,
Ami, dont ma mémoire est loin d'être oublieuse,
Osez me pardonner ! — Est-ce ma faute, à moi,
Si, malgré tant de soins, on a détruit ma foi?
Dans sa *lucidité* l'un découvre un organe.....
Qui pouvait exister chez la chaste Suzanne.

---

(1) Somnambules et magnétiseur connus à Rouen.

— Il s'agissait d'un homme ! — Un autre clairvoyant
Que je conduis à Rome au-devant d'un parent,
Voit : calotte, rabat, soutane en noire laine ;
— C'est un prêtre, dit-il. — C'était un *capitaine !*
J'ai vraiment du malheur et n'en finirais pas,
Si je pouvais, ici, vous conter mes tracas.

Avant de convenir, qu'imperceptible anguille,
Un chameau peut passer par le trou d'une aiguille,
J'ai besoin d'être sûr. — Eh bien ! je n'ai rien vu
Jusqu'ici, par malheur, qui m'ait *bien convaincu*
Qu'on peut interpréter des langues inconnues,
Percer le voile épais que dérobent les nues,
Endormir un sujet par cette volonté,
Redoutable instrument de sa captivité !
Ma cécité probable est fruit de ma faiblesse ;
Mais, réelle ou fictive, *elle est ;* je la confesse.

Émule industrieux d'un comique immortel,
Il transpose les sens. — Mensonge visuel !
Stupide opinion ! assuré témoignage
Des erreurs *de détail* transmises d'âge en âge !
On avait eu le tort de croire que les yeux
Avaient été formés pour admirer les cieux,
Les objets ou les corps, et cette erreur grossière,
Dont on avait bâti des lois sur la lumière,
A déjà fait son temps ! — Non, l'œil *tiré du sac,*
A pour centres *certains* la nuque ou l'estomac.

Tous les maux d'ici-bas pour eux n'ont plus de voile,
Et s'y fixent parfaits comme un plan sur la toile.
Certes, c'est un *progrès*, il le faut confesser,
Fertile en résultats que je vais esquisser :

Reconnaître les maux logés dans nos organes....
Je n'en parlerai pas, car c'est le *pont aux ânes !*
Le premier.... médecin ! en pourrait faire autant,
Et le magnétiseur, sans doute mécontent
Du parallèle osé, viendrait me chercher noise.

De l'art et de l'étude, unité siamoise,
Même après deux mille ans, le mot est inconnu,
Le magnétisme est là, qui le tient saugrenu.

Ce que j'admire en lui de plus incontestable,
Est ce don précieux, ce talent charitable
De découvrir les *simples* et les approprier
Aux besoins de l'autel où chacun vient prier.
Jadis, pour la santé, le sacré tabernacle
S'ouvrait aux seuls élus qui consultaient l'oracle.

Mais les temps sont changés ; bientôt vous allez voir
Comment la vérité fait sentir son pouvoir.

Son *commerce* étendu — *sous l'œil de la justice,* —
A, depuis, bien grandi. Conseil de la police
Qui sur lui tant de fois s'était appesanti,
Il tient dans ses filets le nouveau converti.
C'est bien fait; — j'applaudis — à la gent incrédule,
J'aime à voir décerner un nouveau ridicule;
Du moindre petit vol, d'un délit échappé,
L'auteur est mis à jour, *daguerréotypé.*
Les détails ont, parfois, si grande vraisemblance,
Que, devin à son tour, cédant à l'évidence,
Le parquet s'est ému, déjà préoccupé
Qu'au méfait la sibylle aurait participé;
Abomination ! ! ! Soupçonner le *Progrès !*
Martyrs de la vertu, couvrez-vous de cyprès !

Des journaux délaissés concurrent *infaillible,*
L'oracle magnétique à tout est accessible;
Bientôt, des chiens perdus ou d'un meuble égaré,
Sans efforts il aura monopole assuré;
De ses faits merveilleux, complaisante et patronne,
La presse, avec amour, vient ouvrir sa colonne,
Aveugle ! sans prévoir qu'en expert assassin,
Le reptile endormi lui dévore le sein !

Non, non, de ce *progrès* la science alarmée
Repousse, sans remords, la triste renommée;
Elle veut éclairer, mais, efforts impuissants !
On étouffe sa voix sous des flots mugissants.

Son rôle est de gémir sur cette *hypnomancie*,
Qui croit porter un coup à son orthodoxie.
Pour révéler à tous la force et le pouvoir,
Dieu n'a besoin, *géants,* de votre réservoir.

Je ne m'étendrai pas sur l'hydrothérapie,
Principe *incontesté,* bravant la myopie;
Je serais mal venu, moi, douteux amateur,
D'attaquer sans profit un succès novateur.
Or, au prédicateur il faut un auditoire,
S'il veut à sa parole enchaîner la victoire.
Disciple de Bacchus, quarante verres d'eau
Font à mon estomac l'effet d'un citerneau.
C'est bien peu, je le sais, huit litres de liquide
Ingurgités à jeun, noyent l'agent morbide!
De ce moyen nouveau, pris *intùs et extrà,*
L'*extrà* seul me suffit; c'est mon *nec plus ultrà.*

Passons! — Voici venir, docile et surprenante,
La merveille sans nom de la table tournante.
Bien qu'au surnaturel on soit fort disposé,
J'entends de tous côtés un avis opposé :
Elle tourne, dit l'un. — Mais non, reprend un autre,
Vous la faites tourner. — Que penser? — Bon apôtre!
Vous l'avez constaté vous-même, m'a-t-on dit;
Le vrai peut quelquefois tomber en discrédit.

Oui, je l'ai fait tourner, j'affirme qu'elle tourne
Sans que *la volonté* la pousse ou la détourne.
Pour moi, voilà le fait en sa simplicité ;
Du principe moteur autre est l'obscurité.
Électrique, animal, nerveux ou magnétique,
Qu'importe ? si l'ardeur de mon esprit sceptique
Y brave le démon en meuble transformé,
Je crains peu ses effets et n'en suis pas charmé.

De progrès en progrès, notre table tournante
S'enhardit au succès, se révèle parlante ;
Mais là, confidemment, commence le danger.
Coupables spectateurs, gardez d'interroger !
Elle sait dévoiler plus d'un nom ridicule,
Indiscrète, traduit l'âge qu'on dissimule,
Et livre aux quolibets la pudique beauté
Ou *le plus amoureux de la société.*
De cette découverte, amis, rendez-moi grâce,
Soigneux de vos revers, je veille et tiens l'échasse.
Quoi ! tu doutes encor, ingrat, de mon pouvoir !
Auras-tu donc toujours des yeux pour ne pas voir ?
Le bandeau va tomber, j'ai de quoi te confondre,
Comme glace au soleil, ton doute va se fondre.
Humble, dans un instant, tu subiras ma loi,
Ta raison, ton orgueil vont fléchir devant moi.
J'ai tourné — tu souris, — j'ai parlé — tu murmures ;
Contre mes derniers coups, prépare tes armures :
Je vais *écrire* ! ! ! Allons, ose m'interroger !
Elle dit ; sans retard, *sans secours étranger*

(Car vous partagerez ma noble répugnance
A montrer, sur ce fait, la moindre défiance),
De son pied, sur le sol, à l'appel de son nom,
Aux yeux épouvantés trace le mot : Démon!!!

O siècle de progrès! devant toi je m'incline,
Et sens glacer mon cœur et mon humeur badine.
Au malin d'autrefois on sonnait, comme un glas,
L'exorcisme connu de *retrò, Satanas!*
Qu'allons-nous devenir? Mon Dieu! quel trouble-fête!
Où trouver un endroit pour garantir ma tête?
Il en faut convenir, le péril est certain :
Le nouveau Belzébuth *n'entend pas le latin,*
Et, parfois, d'une erreur ou feinte ou volontaire,
Paraît au sens commun se montrer réfractaire.
L'arbre antique et sacré des rois Assyriens
Par elle, reconstruit, a fourni cent moyens...
De troubler la raison de son noble interprète;
Oh! sur de tels *progrès* ma voix reste muette!
Il est de ces malheurs cachés à tous les yeux,
Qu'il faut dissimuler au public curieux;
Mais à l'absurdité quand l'arène est ouverte,
Notre crédule instinct rarement la déserte;
Et déjà sur ses pas l'éhonté charlatan,
A posé son tréteau sur le pied de Satan;
Grands prêtres de Mesmer et des homœopathes,
Vous êtes *distancés;* les nouveaux acrobates
Ont, sur l'art médical, jeté leur dévolu,
Et terrassé d'un mot le progrès vermoulu.

L'inquiétude, ici, me paraît superflue;
De ce progrès douteux je borne l'étendue.
Le dilemme suivant deviendra mon fanal,
Mon guide incontesté, pour être un peu banal :
Ou les *tables-devins* sont une duperie,
Culte moins épuré d'une autre idolâtrie,
Ou le lutin du mal préside à leur sabbat,
Et la raison défend de tenter le combat.
De l'oracle nouveau la nature est complexe;
Il me paraît certain, dans mon esprit perplexe,
  Que vous lui fîtes, Monseigneur,
  En le craignant, beaucoup d'honneur.

Vous vantez le progrès, contempteurs du passé!
Nous sommes loin de compte, et, pour l'esprit sensé
Qui suit patiemment vos pas et vos parades,
Vos succès sont... du vent, et vos lois... des charades;
Vous vous dites brillants de savoir, de génie,
Vous êtes des acteurs de basse comédie,
Tabarins sans pudeur, et que l'écho, cent ans,
Doit flétrir de ce nom : *Charlatans, charlatans!*

Vous voyez devant vous un pécheur converti,
Que dis-je? humilié, confus, anéanti,
Qui, pour la vérité, d'une ardeur mémorable,
Vient, la rougeur au front, faire amende honorable.

Je ne sais résister aux faits victorieux ;
Un moment a suffi pour dessiller mes yeux.
Vous m'avez vu, cruel en mon antipathie,
Attaquer le progrès de l'homœopathie ;
Malheur ! trois fois malheur ! moderne saint Thomas,
De mes iniquités je découvre l'amas ;
Puisse dans cet aveu, ma muse malhabile
Transformer, à mon gré, le procès en idylle !

Depuis tantôt un mois, je possède un secret
Qui m'obsède, me pèse et me rend indiscret ;
Aujourd'hui, le *Progrès* de la nouvelle école,
Pour mon esprit vaincu, n'est plus une hyperbole :

Tourmenté par la goutte, un illustre vieillard
Jusque-là bien portant, frais, dispos et gaillard,
Gémissait étendu sur son lit de souffrance,
Et de l'art, vainement, implorait la puissance.
Vous dire les gros mots, les imprécations,
Les sarcasmes amers, les malédictions
Du malade aux abois, contre l'art infidèle,
A sa prière sourd, à sa plainte rebelle,
Deviendrait superflu. — L'homme est ainsi formé
Sur tous les points du globe, en désirs consumé ;
Cédant au seul instinct, sa raison l'abandonne :
Il blasphème, insensé ! comme un frelon bourdonne ;
Mais si l'usage admet qu'on maudisse au palais
Le juge à qui l'on doit la perte d'un procès,

Et ce, pendant un jour ; croyez que la rancune
Est plus longue, tenace et surtout plus commune
Envers les médecins assez sots , ignorants,
Pour n'avoir, d'un seul mot, guéri tous leurs clients.

Donc, à bout de douleur et de son Hippocrate,
Il appelle à son aide un *Prince* homœopathe.
— En tout temps, un malade opulent et titré
Dans un praticien veut un invertébré —
L'homœopathe accourt, et, suivant la formule,
Sur son rival absent force traits accumule :
Qu'est-ce qu'un allopathe ? C'est un âne bâté,
Un oison, pis encore ! O confraternité !..
Et cette autorité, jusqu'alors infaillible,
Au malade, déjà, procure un bien sensible.

Un *globule* est donné, suc de n'importe quoi,
Dans un océan d'eau *dilué* par la foi.
Soudain… au bout d'une heure,… admirez la merveille,
Le malade se croit… guéri ? presqu'à la veille :
Le mal opiniâtre , ancré sur le pied droit,
Sur le gauche , innocent, incessamment s'accroît.
Voyez, lui disait-on, niez donc l'évidence
Du trésor merveilleux qu'on dit en décadence ,
La *Science ,* en une heure, en a plus obtenu
Qu'en un mois l'allopathe indigne et mal venu.

Le lendemain, avec cet air de confiance,
Vrai cachet du talent et de l'expérience,
Notre *Prince* apparaît : Eh bien ! comment va-t-on ?
Est-ce aujourd'hui qu'au bal on danse un cotillon ?
— Tout doux ! dit le vieillard, notre goutte indocile,
De l'un à l'autre pied, porte son domicile ;
Demander en un jour complète guérison,
De ma part, semblerait sottise ou déraison ;
Mais, en continuant l'emploi de la substance,
Grâce à vos soins, j'espère en ma convalescence.
—Oh ! gardez-vous en bien ! reprend notre docteur,
De ce ton magistral, propre au triomphateur,
« *Le remède d'un pied ne convient plus à l'autre !!!* (1)
Nous allons le changer. — Quelle erreur est la vôtre !

Le malade, ébahi, demeura confondu,
Un mois s'est écoulé. — Le moment attendu
De cette *guérison* tarde à sonner.... Silence !
D'un art aussi complet proclamons l'excellence,
J'en deviens le séide et fléchis les genoux
Devant l'idole sainte, en dépit des jaloux.
Oui, je veux renoncer au mensonge posthume,
Déserter l'étendard, les lois de la coutume,
Pour un mal identique, adoptant le conseil,
D'un agent spécifique honorer chaque orteil !

---

(1) Historique.

A vous, mon vieil ami, j'adresse cette épître,
En un combat nouveau, loyal et digne arbitre,
A vous qui, sur la brèche, incessamment debout,
Sûtes braver du temps, et fatigue et dégoût,
Dont les doctes leçons, toujours persuasives,
Au banquet du savoir ont grisé vos convives,
Dont la bonté facile et parfaite a permis,
Par autant d'auditeurs, de compter vos amis.

Moi timide écolier, j'éprouve la torture
De venir, avec vous, parler agriculture.

Un proverbe malin, qu'on lance aux sots parleurs :
Comme un aveugle-né disserter des couleurs,
A bon droit pourrait m'être infligé; je confesse,
En cette occasion, qu'il est à son adresse ;
Mais, puisque du *Progrès* je *remonte* le cours,
Déserter celui-là me mettrait hors concours,
A *deux mains*, comme on dit, *je prends donc mon courage,*
Et martyr résigné, je brave le naufrage.

De tout temps, en tous lieux, la science m'apprit
Qu'une uniforme loi, vrai rempart de granit
Placé comme un jalon dans la nature immense,
Sous un même niveau tient en sa dépendance

Tout ce que Dieu créa : l'homme, les animaux
(Plus ou moins mal pourvus), enfin les végétaux.
Cette loi, qui se rit des formes de l'organe
Pour se dérober mieux aux regards du profane,
Le *Progrès*, aujourd'hui, la traite avec dédain;
Pourquoi?... je le demande à l'ami *Girardin*.

Essayons d'être clair. — En physiologie,
L'expérience prouve — et par analogie
Je l'admets sans effort — qu'un principe régit
Tous les êtres créés : ce qui respire et *vit*.
Dans ce tout merveilleux, qui confond le génie,
Se révèle de Dieu la puissante harmonie;
Or, dans ce tout complet, si bien assujetti,
La nature, une fois, aurait un démenti !
Ma raison s'en révolte, et je me dis soudain :
Mensonge ou vérité, consultons *Girardin*.

Dans l'art que je cultive, un fait incontestable
Et dont l'autorité, pour tous, est respectable,
C'est que l'homme captif, plongé dans ces foyers
De toxiques vapeurs, miasmes meurtriers,
Voit toujours dépérir sa santé chancelante
Sous les coups du virus qui s'infiltre ou s'implante,
Et, si l'on ne parvient à l'éloigner, bientôt
La victime à la mort va payer son impôt.

De cette vérité, personne, je suppose,
Ne saurait contester la valeur, et pour cause,
Je ne signale pas un malheur clandestin,
Il est connu de tous et mieux par *Girardin*.

Or, si la plante, à l'homme un instant comparée,
A ces causes de mort à son tour est livrée,
Si, d'un cloaque infect, prématuré tombeau,
Lentement, par vos soins, s'absorbe le fléau,
Vous voulez qu'à vos pieds, en ma béatitude,
Au mépris de ma loi, je rampe en servitude !
Non, le respect du maître est ici trop bénin,
N'en déplaise à ma foi pour l'ami *Girardin*.

D'un engrais bienfaisant je comprends la merveille,
Son action chimique, à nulle autre pareille,
Au sol avide et pur, de ses sucs appauvri,
Semble restituer l'élément rajeuni ;
C'est la nourrice, enfin, de fatigue épuisée,
D'un suc réparateur absorbant la rosée ;
En ce cas, j'applaudis à son heureux destin,
Et me range à l'avis de l'ami *Girardin*.

Mais, pour y parvenir, il faut l'intelligence,
Du sol à transformer l'exacte connaissance,
Un choix judicieux de principes *réels*,
Et non le *thé Gibou* de Messieurs tels et tels,

Dont la *chère* mixture en richesse apparente,
N'est, hélas! trop souvent, qu'inerte ou dévorante,
De tous ceux, en un mot, qu'en un rude festin,
Flagella, sans pitié, notre ami *Girardin*.

Trop souvent, à nos yeux, l'espèce routinière
Aux préjugés acquis se montre familière;
L'engrais qu'elle préfère est celui d'*animaux*,
Exécrable charnier, délétère *compos*,
Enfouis dans un sol, qu'à son sens elle purge,
Servile imitateur des moutons de Panurge!
Empoisonne à plaisir le protecteur salin,
N'en déplaise à l'avis de l'ami *Girardin*.

Ma raison n'admet pas que la plante prospère,
Ou la santé de l'homme et s'épuise et s'altère;
Autant vaut m'affirmer qu'un ruminant glouton
Peut vivre avec du veau, du bœuf ou du mouton.
A cet acte de foi, présenté sans ambage,
Vous accordez l'honneur d'un simple badinage,
Détrompez-vous, je *crois* au précepte divin
Et je tends mon épaule à l'ami *Girardin*.

Et pourtant, si j'en crois ma mémoire fidèle,
Près de nous s'accomplit l'assassinat modèle;
Un rapport en fait foi : tous ces nombreux canaux,
D'où s'échappent les gaz, vrais esprits infernaux,

Et de nos boulevards, éclaireurs tutélaires,
Ont tué, sans merci, nos arbres séculaires,
L'aveu n'est pas suspect, vous le tiendrez certain,
Il émane, en tous points, de l'ami *Girardin*.

Et pourquoi, sur ce fait gravement authentique,
Irait-on repousser mon examen critique ?
Qui nous dit, en effet, qu'en un sol infecté
Où germe sourdement le poison redouté,
Ne puisse se trouver la raison inconnue
De ces maux désastreux, à marche continue ?
Hé ! hé ! l'erreur du jour est vérité demain !
Je soumets cet avis à l'ami *Girardin*.

Pour moi, s'expliquerait ainsi la maladie,
Sur l'aile du *Progrès* propageant l'incendie,
Véritable typhus du règne végétal,
Et, de notre avenir, avant-coureur fatal.
Combattre avec succès, non plus une chimère,
Mais l'ennemi puissant qui s'attaque à la terre,
De l'aliment de l'homme arrêter le déclin,
Ce *Progrès* doit tenter notre ami *Girardin*.

J'ai professé sans doute une lourde hérésie,
Mais j'ai droit d'espérer en votre courtoisie,
Droit qu'achète, sans peur, tout esprit convaincu,
Et, pourvu qu'à l'erreur mon but ait survécu,

Je me croirai payé — l'indulgence est monnaie —
A vous de séparer le bon grain de l'ivraie,
A vous, surtout, ami, qui, sur le parchemin,
Gravez avec honneur le nom de *Girardin*.

Ce point bien établi, permettez que j'aborde
Un sujet formidable à la miséricorde.

La Bruyère n'est plus ; son fidèle pinceau
N'a pas, de ses couleurs, illustré mon berceau ;
Avec lui sont éteints ces feux héréditaires
Si brillants à tracer vices et caractères ;
Quel dommage ! en ce temps de lutte et de *Progrès*,
Sa verve satyrique eût sculpté des portraits.
De nos originaux offerts à sa pâture,
La graine, assurément, germe en agriculture ;
L'engrais fertilisant promis à leur ardeur,
En plantureux épis eût payé son labeur.

A défaut d'ortolans, l'affamé qui raisonne,
Accepte, indifférent, tous les mets qu'on lui donne.
Sur ce besoin pressant, franchement, j'ai compté ;
La saveur de mon plat est la moralité.

De Brillat-Savarin j'adopte la maxime
Et prenant mon sujet de la base à la cîme,
Je dis, et sur la foi de mon savant auteur :
Le goût ne suffit pas — on naît agriculteur.

Donnerez vous ce nom à ces propriétaires,
Citadins enrichis, retirés des affaires,
Qui, pour user le temps ou charmer leurs loisirs,
D'un art improvisé vont goûtant les plaisirs?
Agriculteurs mondains, dont la ferveur champêtre
Surgit en cultivant des pois sur leur fenêtre,
Ignorants parvenus, qui, croyant tout savoir,
Forts de ce préjugé, que *vouloir est pouvoir*,
Novices étourdis, s'en vont, tête baissée,
Se heurter aux écueils, à chaque traversée?

Donnerez-vous ce nom aux amis du *Progrès*,
Inexpérimentés, professeurs indiscrets,
Consignant, avec soin, le soir, sur des tablettes
De la *Maison rustique*, arcanes et recettes?
Ou qui, plus sots encor, sur la foi d'un journal,
Absorbent, ingénus! l'indigeste arsenal?
Encouragerez-vous le zèle épidémique
Des juges décernant la palme économique
A ces demi-savants, créateurs à prix d'or,
De produits merveilleux grandis au son du cor,
Ou qui, grâce au progrès de l'orge ou de l'avoine,
En lingots *médaillés* coulent leur patrimoine?

Si ce n'était encor qu'un revers personnel,
J'en ferais bon marché; mais le vice est réel :
D'infructueux essais l'exemple se propage,
Et le plus empressé vite se décourage,

Car, pour lui, le *Progrès* est une trahison.
— Convenons, à huis-clos, qu'il a parfois raison. —
Défiant, incrédule et railleur, il s'obstine
A suivre aveuglément le char de la routine !
A qui la faute ?... A vous, prôneurs de cabinet,
Fruits secs, catéchisant les pieds sur un chenet,
Législateurs gourmés, puissants en théories,
Et sur la vanité fondant vos rêveries !
Ah ! vous prétendriez échapper au fouet !...
Votre règne est passé, gardez votre jouet,
Apôtres de l'erreur, la publique créance
A sonné le tocsin de votre déchéance ;
Il est temps, à la fin, qu'un art conservateur
Arrache de vos mains un sceptre usurpateur.
Aux efforts de l'étude et de l'expérience,
Au principe éclairé d'une juste science,
Abandonnez la terre, et le progrès naîtra ;
Débarrassé de vous, le temps l'accomplira.

Autour de moi, j'entends une voix moins sévère
Assurer qu'à plaisir ma critique exagère.
Voyons, éclairez-moi, j'attends un argument
Qui puisse à l'indulgence offrir un aliment.

Vous vous plaignez, dit-on, qu'aride et sans boussole,
Aux forbans du progrès on ait livré la sole ;
Que des fils de Cérès, le principe divin
Garrotté, méconnu sous les lois d'un Calvin,

A l'empirisme faux ait entr'ouvert la porte ;
La vertu du principe et l'essor qu'il comporte
Se trouvent garantis par l'institution
Des Comices ruraux, moderne invention,
Moniteur éclairé de la saine pratique,
Et du progrès certain protecteur sympathique.

?.

Tous ces titres pompeux ne sauraient m'éblouir ;
Aux faits j'ai le malheur constant de m'asservir.
Les Comices, *pour moi*, sont l'épreuve nouvelle
D'un contrat d'assurance à prime mutuelle,
Où chacun des élus, recevant tour à tour,
Va donner, par son vote, un gage de retour.
Sénat agronomique, où, riant dans sa barbe,
Chacun *passe séné pour échanger rhubarbe.*
Dans ces jours solennels, votre unique *progrès....*
Est celui des buveurs dans tous les cabarets.
A moins de maintenir celui que je décline
A propos du Congrès de la race bovine,
Durham reproducteur, qui doit tout effacer,
Et qu'à *gros intérêts* le succès *sait* placer.
Admirez, en effet, le taureau, la génisse,
Triomphateurs constants de Comice en Comice,
Dont l'heureux possesseur, de par son lauréat,
Grâce à la prime, ainsi, double le prix d'achat !...
Le *bœuf gras* me paraît, avec sa promenade,
Infiniment plus gai que l'autre mascarade ;
Et si j'avais un choix à faire entr'elles deux,
Ce choix, assurément, ne serait pas douteux.

Pour conclure, en un mot, dans un ordre logique,
Je définis ainsi ce résultat *magique*,
Qui, de l'agriculture, a changé le destin !
Suivant l'opinion, thermomètre *certain :*
Le Comice agricole est un gai réfectoire
Dont les hâbleurs-jurés font l'honneur et la gloire,
Concours admiratif, à l'orgueil fort enclin,
Et, *sans être Calchas,* je prédis son déclin.

FIN DE LA PREMIÈRE PARTIE.

TABLE

DES MATIÈRES.

	pages
Avant-propos.	1
Le Progrès.	4
Éducation publique.	id.
Enseignement.	5
Éducation professionnelle.	6
Chemins de fer.	8
Médecine : homœopathie.	12
Magnétisme animal.	13
Hydrothérapie.	19
Tables tournantes.	id.
Anecdote homœopathique.	23
Agriculture : épître à M. le professeur GIRARDIN, sur les engrais.	26
Agriculteurs amateurs.	31
Concours de Bestiaux.	53
Comices agricoles.	54

www.ingramcontent.com/pod-product-compliance
Ingram Content Group UK Ltd.
Pitfield, Milton Keynes, MK11 3LW, UK
UKHW021148140726
13695UKWH00005B/2017